I0686538

CAHIERS

DES

VŒUX ADOPTÉS

PAR

L'ASSEMBLÉE PROVINCIALE

DU

LYONNAIS, FOREZ & BEAUJOLAIS

TENUE A LYON

les 3, 4 et 5 Mai 1889

(Extrait des Procès-verbaux de l'Assemblée)

LYON

IMPRIMERIE DU SALUT PUBLIC

33, Rue de la République, 33

—

1889

LYONNAIS, FOREZ ET BEAUJOLAIS

CAHIERS DE 1889

Tiré à cent exemplaires réservés à MM. les Délégués nommés dans la séance du 4 mai et chargés de représenter la province à l'Assemblée générale des 24, 25 et 26 juin 1889, à Paris.

———

CAHIERS

DES

VŒUX ADOPTÉS

PAR

L'ASSEMBLÉE PROVINCIALE

DU

LYONNAIS, FOREZ & BEAUJOLAIS

TENUE A LYON

les 3, 4 et 5 Mai 1889

(Extrait des Procès-verbaux de l'Assemblée)

LYON

IMPRIMERIE DU SALUT PUBLIC

33, Rue de la République, 33

—

1889

PRÉAMBULE

L'Assemblée provinciale du Lyonnais, Forez et Beaujolais, reprenant ce qu'il y avait de légitime et de généreux dans les aspirations de la France au début de 1789, proclame les devoirs de l'homme, source et sauvegarde de ses droits :

Devoirs envers Dieu ; devoirs envers la Patrie ; devoirs envers ses semblables ; devoirs envers lui même.

C'est en s'inspirant de ces idées, bases de toute société, que l'Assemblée provinciale du Lyonnais, Forez et Beaujolais entreprend ses travaux.

PREMIER GROUPE

Religion — Famille. — Mœurs. — Assistance.

I. — Religion.

1. — Proclamer que la Nation française est chrétienne dans la constitution et les formules.

2. — Prendre les principes chrétiens pour bases des réformes à introduire dans les lois, les institutions publiques, l'administration.

3. — La morale publique doit être interprétée dans le sens des principes chrétiens.

4. — Respecter la liberté de quiconque, individuellement ou par association, pratique ou fait pratiquer le dévouement chrétien et favoriser ses entreprises.

5. — Respect des croyances religieuses et suppression des entraves qui peuvent gêner leur liberté.

6. — Abrogation de toutes les dispositions qui interdisent ou entravent les manifestations extérieures du culte catholique.

7. — Loi rendant obligatoire le repos du dimanche dans toute la mesure possible.

8. — Exonération pour les ministres du culte de tous services et de toutes charges incompatibles avec leur caractère et leur mission.

9. — Liberté complète pour les associations non politiques, dont l'objet n'est pas contraire à la morale, sous la seule condition de faire connaître leur objet, leur siège, celui ou ceux qui les dirigent.

Interdiction absolue de toute société ou association secrète.

II. — FAMILLE

1. — La loi civile et ceux qui la représentent ne ne doivent intervenir au mariage que pour constater son existence et lui assurer ses effets quant aux biens des époux et de leur descendance.

2. — Abolition du divorce et modification des dispositions relatives à la séparation de corps pour en augmenter les effets notamment au point de vue de la capacité civile de la femme et de son domicile.

3. — L'époux survivant doit avoir une part d'héritage quels que soient le nombre et la qualité des héritiers, sauf le cas où la séparation a été prononcée contre lui.

4. — La quotité disponible doit être étendue au moins à la moitié des biens, dans tous les cas entre ascendants et descendants.

5. — Faculté dans tous les partages, et notamment dans les partages d'ascendants, de composer les lots en biens de même nature ou de nature différente.

III. — Mœurs

1. — Interdiction de la publicité donnée aux suicides et des comptes rendus qui y sont relatifs.

2. — Loi pénale sévère à édicter contre l'injure et la diffamation vis-à-vis des vivants et des morts.

3. — Les différends en matière d'honneur doivent être soumis à un jury d'honneur et de conciliation, dont la décision souveraine sur le fait et les réparations pourra être publiée aux frais de la partie ou des parties condamnées.

4. — Lois prohibitives du duel dans l'armée et dans la vie civile. Les infractions commises, soit par les auteurs principaux, soit par les témoins

considérés comme complices, seront punies par le tribunal correctionnel.

5. — Donner effet aux reconnaissances d'enfant naturel faites sous seing privé après homologation contradictoire par le tribunal.

6. — Abrogation de l'article 340 du Code civil qui interdit la recherche de la paternité et règlementation des conditions de cette recherche quant à ses conditions et à ses effets.

7. — Répression sévère des délits d'outrage aux mœurs par la parole ou par la presse.

Interdiction de l'exposition, de l'affichage ou du colportage de toute production contraire aux mœurs ou outrageante pour la religion.

8. — Privation temporaire des droits politiques et de famille, définitive en cas de récidive, comme peine des délits contre les mœurs.

9. — Réformes immédiates pour assurer la rectification complète de l'alcool, la répression des fraudes et sophistications; dégrèvement des boissons hygiéniques.

10. — Réduction considérable du nombre des débits de boissons.

11. — Encouragements à l'action religieuse et aux sociétés de tempérance.

IV. — Secours et assistance

1. — Indépendance des bureaux de bienfaisance vis-à-vis du pouvoir central.

2. — Réformer leur composition en y introduisant, comme membres de droit, les ministres du culte.

3. — Liberté pour tout donateur ou testateur de désigner à son gré le distributeur de ses libéralités et respect de ses volontés.

4. — Personnalité à accorder à la paroisse représentée au gré du donateur par le curé ou par le conseil de fabrique.

5. — Rétablissement de la personnalité civile du diocèse représenté par l'évêque.

6. — Les associations, les institutions de bienfaisance ou de charité doivent jouir de la même existence légale que les sociétés civiles, industrielles ou commerciales et s'administrer librement comme elles.

DEUXIÈME GROUPE

Instruction.

---

1. — Plus d'école sans Dieu. Proscription absolue, dans les chaires de l'enseignement public, de l'athéisme et de toute doctrine conduisant à l'athéisme.
2. — Reconnaissance du droit de l'Eglise d'ouvrir des écoles de tous les degrés et de veiller sur l'éducation religieuse des enfants baptisés dans son sein.
3. — Respect du droit des parents de choisir pour leurs enfants l'école et le genre d'enseignement qui leur conviennent.
4. — Rôle de l'Etat ramené à ses vraies limites de surveillance et de protection.

5. — Liberté de l'enseignement pleinement reconnue. Abrogation de là loi contre les congrégations enseignantes.

6. — Etablissement d'Universités autonomes, régionales, indépendantes de l'Etat pour leur administration, leur programme et leur recrutement.

7. — Collation des grades restituée aux Universités libres, et partout entourée des garanties nécessaires de compétence et d'impartialité. Parfaite équivalence des grades.

8. — Indépendance de l'instituteur et des autres maîtres de l'enseignement vis-à-vis de tous les fonctionnaires d'ordre politique.

9. — Création d'écoles professionnelles sous une direction chrétienne.

10. — Suppression des lycées de filles.

11. — Etroite union entre toutes les branches de l'enseignement chrétien d'une même région universitaire sous la haute direction des premiers pasteurs.

TROISIÈME GROUPE

Administration. — Organisation financière et militaire.

I. — Autonomies locales substituées au régime bureaucratique

1. — Restriction du nombre et de l'omnipotence des fonctionnaires salariés et irresponsables, spécialement en confiant, dans la plus large mesure possible, la gestion des intérêts communs aux autorités locales librement élues.

2. — Encouragement aux initiatives privées en ménageant et même en favorisant les influences locales personnelles ou collectives.

II. — Décentralisation. — Assemblées provinciales. — Représentation des intérêts.

1. — Suppression des sous-préfets et des Conseils d'arrondissement.

2. — Institution sous le nom de province d'une division territoriale groupant plusieurs départements en conciliant les intérêts actuels et les traditions historiques.

3. — Création d'une Administration provinciale, composée d'un gouverneur nommé par le Chef de l'Etat et d'une Assemblée provinciale composée de membres de droit, chefs des grands services provinciaux, et de membres élus.

4. — Application d'une large décentralisation sur les bases de l'organisation provinciale, notamment au point de vue de la tutelle des communes et de la solution définitive des questions d'intérêt local.

5. — Institution d'un système électoral basé non-seulement sur le nombre, mais encore sur la représentation des intérêts moraux, sociaux et économiques.

6. — Rétablissement de l'adjonction des plus forts imposés aux membres des Conseils municipaux pour le vote des emprunts communaux.

7. — Liberté plus grande laissée aux Conseils municipaux pour la disposition de leurs finances, notamment, dans les questions relatives à l'enseignement et aux travaux publics.

Modification de la comptabilité communale en laissant à la commune une indépendance réelle dans l'affectation des fonds et le contrôle des dépenses.

8. — Libre disposition par la commune des prestations soit en nature, soit en argent.

III. — RÉGIME FISCAL. — DETTE PUBLIQUE.

1. — Déduction des dettes justifiées dans le calcul de l'actif successoral soumis à l'impôt de mutation.

2. — Dégrèvement de l'impôt qui frappe les mutations des propriétés immobilières et principalement les mutations à titre onéreux, aussitôt que la situation financière le permettra.

3. — Simplification des droits d'enregistrement.

4. — Rétablissement de la vérité et simplification dans la comptabilité budgétaire.

5. — Restriction du budget extraordinaire.

6. — Fixation des dépenses concernant la dette publique et les services publics permanents par une loi qui ne pourra être modifiée que comme les lois ordinaires.

IV. — SERVICE MILITAIRE

1. — Allégement des charges militaires lorsque les circonstances le permettront.

2. — Autorisation de la substitution des numéros entre conscrits de la même classe et du même canton.

3. — Lois et règlements militaires permettant, facilitant et assurant même aux soldats l'exercice de leurs devoirs religieux.

4. — Soustraction des ministres de la guerre et de la marine aux fluctuations de la politique.

5. — Avis obligatoire du Conseil supérieur de la guerre sur toutes les dispositions des lois militaires avant leur adoption par le Parlement.

QUATRIÈME GROUPE

Justice.

---

1. — Qu'il soit constitué en France une Cour suprême établie sur le modèle de celle qui fonctionne aux Etats-Unis d'Amérique et ayant le pouvoir de dispenser les parties recourantes de l'application des lois jugées contraires à la constitution.

2. — Suppression des attributions contentieuses des Conseils de préfecture, sauf en ce qui concerne les demandes en décharge et en réduction d'impôts.

3. — Substitution du premier Président de la Cour de cassation au Garde des sceaux comme président du Tribunal des conflits.

4. — Rétablissement de l'institution des juges et conseillers auditeurs telle qu'elle fonctionnait sous l'empire du décret du 6 juillet 1810 abrogé par la loi du 10 décembre 1830.

5. — Que la promotion d'un magistrat à un poste d'avancement ne puisse avoir lieu qu'après un certain temps d'exercice déterminé par la loi.

6. — Que la compétence des juges de paix soit maintenue dans les limites actuelles de la quotité du litige ; qu'aucun officier ministériel ne puisse être nommé juge de paix sans justifier d'un certificat favorable émané de son conseil de discipline et de la Cour du Tribunal auprès duquel il a exercé ; que les juges de paix soient absolument soustraits à l'action et à l'influence administrative.

7. — Simplification de la procédure civile et réduction des frais de justice.

8. — Extension de l'assistance judiciaire à tous les litiges et à l'exécution des jugements.

9. — Organisation permanente de bureaux de consultations gratuites.

10. — Extension des juridictions arbitrales.

11. — Tarification légale des actes notariés selon les lieux et sous une sanction judiciaire ; révision des lois et ordonnances sur les offices ministériels et publics dans un sens protecteur pour les parties.

12. — Election des juges consulaires par les commerçants notables, conformément à la loi de 1781. En cas de modification de la loi des faillites, maintien des incapacités civiles et politiques qu'édicte la loi actuelle.

13. — Suppression des pouvoirs de police judiciaire confiés aux préfets par l'article 10 du Code d'instruction criminelle.

14. — Composition des listes du jury par une Commission au sein de laquelle l'élément judiciaire serait prépondérant.

15. — Rétablissement de l'instruction religieuse dans le régime pénitentiaire comme moyen d'amendement des prisonniers.

CINQUIÈME GROUPE

Agriculture

I. — REPOS DOMINICAL. — DÉPOPULATION.

1. — Que les pouvoirs publics s'inspirent de la loi de Dieu, spécialement en ce qui concerne le repos dominical, l'autorité paternelle, le lien conjugal, au sujet duquel on demande la suppression du divorce.

2. — Que, par tous les moyens possibles, ils combattent les causes morales de la dépopulation.

II. — SUCCESSIONS ET PARTAGES.

1. — Que la quotité disponible soit étendue à la moitié des biens, sans égard au nombre des enfants.

2. — Que les articles 826 et 832 du Code civil soient supprimés, et en ce qui concerne les suc-

cessions, et en ce qui concerne les partages d'ascendants.

3. — Que dans les partages on facilite la reconstitution des héritages par la diminution des droits de rachat au profit des plus proches parents.

III. — RÉGIME FISCAL.

1. — Que l'impôt foncier soit diminué ; que la situation soit égale entre les agriculteurs et les autres contribuables en ce qui concerne les impôts. · · · · · · ·

2. — Que les tarifs soient abaissés en matière de donations à titre de partage anticipé, en matière de ventes immobilières, en matière de successions en ligne collatérale entre frères, oncles et neveux, sauf compensation par une élévation des droits entre étrangers, le conjoint n'étant point d'ailleurs considéré comme étranger.

3. — Que les dettes au moins hypothécaires soient déduites de l'actif des successions pour la perception des droits.

4. — Que les échanges soient facilités par la diminution des frais de mutation des parcelles à échanger.

5. Que les plus fort imposés soient adjoints au conseil municipal pour le vote des centimes additionnels et des emprunts ; que les femmes rentrant

dans la catégorie des plus fort imposés soient représentées.

6. — Qu'en ce qui concerne les assurances, l'Etat base son impôt non sur le chiffre de la prime, mais sur le chiffre de la valeur assurée.

7. — Que l'on maintienne la liberté pour les contribuables d'acquitter leur prestation soit en nature, soit en argent.

IV. — ADJUDICATIONS. — TRAITÉS DE COMMERCE. ENSEIGNEMENT PROFESSIONNEL. — SYNDICATS.

1. — Que l'on réserve à l'agriculture française les adjudications pour l'entretien de l'armée et de la marine.

2. — Que l'on ne renouvelle pas les traités de commerce : que l'on s'en tienne aux tarifs généraux ; et si des traités sont faits, que les produits agricoles n'y soient pas compris.

3. — Que l'on révise la législation en matière d'enseignement primaire dans les campagnes en supprimant l'obligation et en inscrivant au programme des notions d'agriculture, lesquelles remplaceraient les parties de l'enseignement qui sont de nature à favoriser le déclassement.

4. — Que l'on reconnaisse aux Syndicats agricoles le droit d'acquérir et de posséder sans aucune restriction.

V. — REPRÉSENTATION DE L'AGRICULTURE
ET DÉCENTRALISATION PROVINCIALE.

1. — Que l'agriculture soit représentée comme le commerce : en conséquence que le décret des 25 mars et 6 avril 1852, abrogeant la loi des 25 février et 20 mars 1851 sur l'organisation des comices agricoles, des chambres d'agriculture et du Conseil général d'agriculture, soit rapporté.

2. — Que les lois électorales soient modifiées de façon que tous les intérêts, et spécialement les intérêts agricoles, soient réellement représentés dans les assemblées politiques, afin que le suffrage universel aboutisse réellement à la représentation universelle et réalise la représentation des intérêts.

3. — Que l'on encourage tout ce qui peut développer la vie provinciale et communale.

SIXIÈME GROUPE

Industrie. — Commerce.

I. — INDUSTRIE

1. — Que l'Evangile et ses maximes soient remis en honneur dans les établissements industriels.
2. — Que les patrons veillent avec soin au choix des autorités secondaires dans leurs établissements, ce choix étant de la plus grande importance pour la moralisation des ouvriers.
3. — Que les Syndicats mixtes aient le droit d'acquérir et de posséder, sans lequel la fondation d'un patrimoine pour la création d'institutions d'assistance et de prévoyance ne serait pas possible.
4. — Que les pouvoirs publics ne surchargent pas d'impôts exagérés les denrées les plus nécessaires

à la vie et empêchent, par tous les moyens possibles, la falsification de ces denrées.

5. — Qu'ils assurent par une politique sage, ferme et conciliante la sécurité intérieure et extérieure et la prospérité du pays, qui seules peuvent favoriser la continuité du travail en empêchant les chômages aussi funestes à ceux qui travaillent qu'à ceux qui font travailler.

6. — Qu'ils sauvegardent l'industrie nationale soit par des traités de commerce avantageux, soit par la diminution des charges fiscales supportées par les producteurs français, de manière à les mettre en mesure de lutter contre la fabrication étrangère et d'assurer ainsi leurs propres bénéfices et le juste salaire de leurs ouvriers.

7. — Qu'ils respectent la liberté des pères de famille de faire élever leurs enfants dans des écoles où ils apprendront, avec la loi de Dieu, le respect de leurs parents et l'amour du travail.

8. Qu'ils prescrivent le repos du dimanche, imposé par la loi de Dieu, indispensable à la conservation des forces physiques de l'ouvrier et sans lequel il n'y a plus pour lui ni instruction religieuse ni vie de famille.

9. — Que chaque syndicat ou association corporative ait le droit d'avoir sa chapelle avec l'autorisation de l'autorité religieuse.

II. — Commerce.

Avis.

Tout en blâmant et déplorant les excès de la spéculation, le groupe du Commerce est d'avis qu'il n'y a pas de remède légal nouveau à trouver. A défaut de l'application de la loi, la réforme morale des individus peut seule en préserver le commerce et l'industrie.

Vœux.

1. — Que, la conduite des affaires du pays soit enfin confiée, et pour de longues années, à des hommes ayant l'instruction, l'expérience, les loisirs et l'autorité pour étudier mûrement les difficultés et les questions qui s'agitent et appliquer les remèdes nécessaires.

2. — Que, pour sauvegarder la stabilité des entreprises commerciales et industrielles comme celle du foyer domestique des ouvriers aussi bien que des patrons, une plus grande latitude soit laissée au père de famille dans la disposition de ses biens

et dans leur répartition en nature entre ses enfants, laissant aux juriconsultes et législateurs le soin de préciser ces réformes.

3. — Que les consuls se tiennent en rapports constants avec les chambres de commerce, chambres syndicales ; que, dans les villes importantes, des attachés commerciaux leur soient adjoints ; qu'enfin, autant que possible, ils reçoivent de l'avancement sans quitter les pays dont ils connaissent la langue et les usages.

4. — Que le gouvernement apporte tous ses soins à conclure des traités de commerce avantageux, après avoir consulté les intéressés : chambres de commerce, chambres syndicaies, etc.

5. — Que le nombre des débits de boissons soit limité et l'autorisation pour les ouvrir rétablie ; Que la circulation des vins naturels soit facilitée ;

Que la vente des vins et alcools frelatés soit rendue impossible ;

Que l'ouverture des débits ne soit accordée qu'à des gens d'une moralité reconnue ;

Que ces établissements soient fermées une heure ou deux plus tôt ;

Que les débitants soient rendus civilement responsables des actes commis par ceux qui sortent de chez eux en état d'ivresse,

Que pour éviter les fraudes sur le trafic des alcools et boissons les droits fiscaux soient perçus au moment de la production.

6. — Que les impôts soient diminués ;

Que l'Etat et les Communes renoncent complétement aux travaux exagérés et improductifs.

7. — Que les formalités qui retardent les liquidations soient simplifiées ;

Que les droits fiscaux soient réduits ;

Qu'une différence soit établie entre le commerçant malheureux et le commerçant malhonnête ;

Qu'enfin la loi sur la banqueroute soit maintenue et surtout appliquée.

8. — Que le nombre des électeurs pour l'élection aux tribunaux de commerce soit restreint ;

Qu'on étudie un nouveau mode d'établissement des listes électorales.

9. — Que les impôts soient répartis également entre les grands et les petits magasins ; mais que l'Etat n'intervienne pas autrement dans une question d'ordre purement économique.

10. — Que les colporteurs et déballeurs soient surveillés de plus près par la police ;

Qu'on accorde en moins grand nombre des autorisations de colportage et de déballage ;

Qu'on tienne compte pour les accorder de la moralité des demandeurs ;

Qu'enfin on leur fasse payer des impôts équi-
valents à ceux du commerce sédentaire.

11. — Que des commerçants usent, le plus possible,
de la loi de 1884 ;

Qu'ils réclament en faveur des syndicats
mixtes le droit d'acquérir et de posséder, et
notamment de recevoir des legs ;

Que toutefois l'Etat se garde bien de rendre
les syndicats obligatoires.

12. — Que tout Français ayant fait un an de service et passé un examen qui constate la suffisance
de son instruction militaire ait la faculté de se
faire un remplaçant à ses risques et périls, sans
intervention du gouvernement et sans être
exempté pour cela du rappel en temps de guerre
et des exercices des 28 et 13 jours ;

Que des dispenses de 28 et 13 jours soient
accordées aux jeunes gens qui pour représenter
notre commerce vont se fixer à l'étranger ;

Que l'obligation du service militaire ne s'ap-
plique pas aux ministres du culte ni à ceux qui
se destinent à l'enseignement ;

Qu'elle n'entrave en rien le recrutement du
clergé ;

Qu'enfin les commerçants ou employés de commerce étrangers résidant en France soient
astreints à des charges pécuniaires, compensant
les charges militaires dont ils sont exonérés.

13. — Que les pouvoirs publics rendent à Dieu la place qui lui est due, à l'Eglise les libertés auxquelles elle a droit ;

Qu'enfin une loi rende obligatoire le repos du dimanche en tenant compte de certaines nécessités, ce que du reste l'Eglise a toujours fait.

———

VŒUX EMIS ET ADOPTÉS

PAR LES

DÉLÉGUÉS

DES

CORPORATIONS & GROUPES OUVRIERS

DANS LA

RÉUNION DU 5 MAI 1889

———

Les vœux généraux publiés dans *la Corporation* du 16 mars 1889, et sur lesquels les corporations et groupes ouvriers avaient été appelés à donner leur avis, ont été adoptés comme idée d'ensemble.

Vœux du Syndicat mixte du bâtiment de Lyon.

Les membres du Syndicat constatent que la législation de 1791, en supprimant le droit naturel d'association, a créé l'*individualisme*, d'où résultent de graves préjudices pour les intérêts professionnels:

L'apprentissage tend à disparaître ;

Les salaires, soumis à la loi de la concurrence illimitée, n'ont plus de fixité ;

Les engagements sont temporaires et les rapports de mutuelle confiance ont disparu ;

L'ouvrier n'a plus contre les accidents, les maladies et la vieillesse la garantie efficace d'une association permanente.

Le syndicat demande :

L'extension de la loi de 1884 permettant au Syndicat mixte de se constituer nn patrimoine même immobilier.

Que les questions de discipline intérieure puissent être jugées par le Conseil Syndical, dont pourront faire partie des membres étrangers à la profession nommés par le Syndicat.

Le Syndicat demande que, conformément à la loi divine, à la tradition nationale, à la pratique actuelle des peuples prospères et à l'intérêt évident des travailleurs, le repos du dimanche soit déclaré loi d'Etat.

Le Syndicat constate que la situation des étrangers en France est plus favorable, à beaucoup d'égards, que celle des Français, et qu'il en résulte une concurrence désastreuse.

Le Syndicat émet le vœu que les lois de l'Etat rendent les charges que supporte l'étranger égales à celles que supporte le français, et que l'exercice d'une profession soit interdit à tout étranger frappé d'une condamnation de droit commun soit en France, soit dans son pays d'origine.

La corporation des *tisseurs lyonnais* et celle des *employés de la soierie lyonnaise* se sont ralliées aux vœux émis par le groupe du Commerce.

Vœux du cercle de l'usine N.-D.-de-St-Chamond

1. — Remettre l'apprentissage en honneur.
2. — Organisation professionnelle permettant la création d'un patrimoine corporatif dont les revenus pourraient servir à garantir l'ouvrier contre les conséquences du chômage, de la vieillesse, de la maladie et des accidents.
3. — Réforme de la législation actuelle du travail :
   Journée de 10 heures de travail effectif ;
   Protection de la femme et de l'enfant, tant au point de vue moral qu'au point de vue matériel ;
   Respect absolu de la loi du dimanche qui permettrait à l'ouvrier la pratique de ses devoirs religieux, le repos qui lui est nécessaire, et lui procurerait une plus grande égalité de travail en diminuant la surproduction.

Vœux du cercle de St-Martin-en-Coailleux

(Extraits de sa réponse à l'enquête)

1. — L'ouvrier isolé par l'état d'*individualisme*
où l'a placé la Révolution doit seul pourvoir à
son existence et à celle de sa famille. Pressé par
ce besoin, il est à la merci du patron, qui peut
lui marchander son travail jusqu'au plus faible
prix possible.

2. — Le patron, de son côté, subit les effets malheureux de l'*individualisme*. L'ouvrier attiré par
un salaire plus rémunérateur, qu'il trouve ailleurs, peut abandonner son patron, laisser son
travail inachevé et porter à de nouveaux patrons
des secrets de fabrication importants.

3. — L'apprentissage est réduit à ses moindres
limites et souvent supprimé, parceque les besoins
de la famille sont pressants. Le salaire est dé-
battu comme une marchandise, alors qu'il devrait
procurer à l'ouvrier la vie d'abord, puis le bien-
être réalisable ici-bas et la sécurité pour ses
vieux jours.

4. — Une organisation professionnelle en syndicats *mixtes* est l'unique solution pouvant amélio-
rer la position des patrons et le sort des
ouvriers.

5. — La législation actuelle est insuffisante pour règlementer le travail. Le travail des femmes et des enfants devrait être strictement déterminé dans sa nature et dans sa durée.

Le *travail de nuit devrait être supprimé, surtout comme défavorable à la santé et aux bonnes mœurs des ouvriers.*

La durée de la journée de travail devrait également être fixée et *le repos du dimanche obligé.*

Vœux du Syndicat libre des ouvriers tisseurs de l'Arbresle.

1. — Que la solidarité et l'union s'établissent entre le patron et l'ouvrier, et que la concorde règne toujours dans leurs rapports.

2. — Que le patron prenne l'ouvrier sous sa protection comme le membre d'une nombreuse famille et lui assure par son initiative un travail rémunérateur. Que l'ouvrier prenne à tâche de satisfaire le patron, et qu'un dévouement réciproque serve de lien entre eux.

3. — Que par l'organisation du travail la famille soit ménagée autant que possible ; que notamment la mère ne soit pas enlevée à ses enfants et à son foyer.

Qu'à côté du travail dans l'atelier, le travail soit favorisé à la maison, au moins pour ceux des membres de la famille qui ont à y remplir les devoirs essentiels de l'éducation des enfants.

Grâce à l'union et à la concorde, grâce aussi à une organisation du travail qui respecte la famille et l'éducation des enfants, les ouvriers du Syndicat libre des Tisseurs de l'Arbresle ont confiance que la Fabrique lyonnaise conservera et verra grandir son ancienne splendeur.

D'autres propositions et vœux ont été présentés dans cette réunion, mais le temps a manqué pour les formuler exactement. Il en sera parlé dans le compte-rendu général de l'Assemblée.

Lyon, le 10 juin 1889.

POUR COPIE CONFORME :

Le Secrétaire général de l'Assemblée :

Baron MAUPETIT.

175

LYON — Impr. du SALUT PUBLIC, r. de la République, 33

www.ingramcontent.com/pod-product-compliance
Lightning Source LLC
Chambersburg PA
CBHW061704180626
46818CB00003B/1252